푸른사상
시선

60

서리꽃은 왜 유리창에 피는가

임 윤 시집

 푸른사상
PRUNSASANG

푸른사상 시선 60

서리꽃은 왜 유리창에 피는가

1판 1쇄 발행 · 2016년 11월 25일
1판 2쇄 발행 · 2016년 12월 7일

지은이 · 임윤
펴낸이 · 한봉숙
펴낸곳 · 푸른사상
주간 · 맹문재 | 편집 · 지순이 | 교정 · 김수란

등록 · 1999년 7월 8일 제2-2876호
주소 · 서울시 중구 충무로 29(초동) 아시아미디어타워 502호
대표전화 · 02) 2268-8706(7) | 팩시밀리 · 02) 2268-8708
이메일 · prun21c@hanmail.net / prunsasang@naver.com
홈페이지 · http://www.prun21c.com

ⓒ 임윤, 2015

ISBN 979-11-308-0574-0 04810
ISBN 978-89-5640-765-4 04810 (세트)

값 8,000원

 이 시집은 2014년 대산문화재단의 창작기금을 수혜받았습니다.

서리꽃은 왜 유리창에 피는가

푸른빛이 붉은 파도를 앞세워 밀려들었다.

눈에 보이는 것만 믿었던 참과

보지 않고는 믿지 못했던 거짓 사이에서

나는 명제를 부정했다.

1+1=3이라는 논리는 눈으로 봐도 거짓이라는 걸 알기에

늦었지만 이제 명제라 결론 내린다.

명제의 부정이나 부정의 명제가 도처에서 활개치고

애매모호한 문장으로 진실을 숨긴 거짓들이 난무한 현실

외줄 타듯 위태로운 생의 길목에서

아직 혼돈에 빠져 흐느적거린다.

탈출하려고 몸부림칠수록 나의 시력은 어두워지고

그림자는 긴 거짓말만 늘어놓는다.

멀리 도망쳤다 생각하고 뒤돌아보면

아직 그 자리에 맴돌고 있는 나의 발자국들

오늘도 몽유병자처럼 선잠을 더듬거린다.

2015년 늦가을
임 윤

■ 시인의 말

제1부 간절곶 편지

제2부   자맥질하는 반구대

제3부 　디아스포라

제4부 절망의 틈새

제1부

간절곶 편지

갯바위에 핀 국화

을씨년스런 늦겨울 서생 바다
검푸른 물결에 꽃잎이 되어 떠도는 갈매기
둥근 지붕의 원자로가
민머리에 자명종을 단
고장 난 탁상시계처럼 앉아 있다
미처 풀어내지 못한 시간
어쩌면 풀어낼 수 없는 시간들
태엽이 탱탱하게 감긴
언제 터질지 모르는 시계 곁으로 날아든 꽃잎들
갯바위에 흰 국화 소복이 피었다
버섯구름처럼 허공으로 솟구쳤다가
다시 피어나길 여러 번
꽃 진 자리에 아무런 흔적도 없는 갈매기 꽃
민머리가 숨긴 시간 알 턱 없는 꽃잎은
찰나간 부풀어
심장 향해 터지는 줄 모르고
오늘도 고장 난 원자로 위를 날아간다

무서운 맛

굵은 철망 걸쳐놓은 짚불이 눈을 두리번거린다

싯뻘건 목구멍으로 빨려드는 혓바닥들

서로의 몸을 껴안고 엉킨 곰장어가

점액질 쏟아내며 발악이다

여기저기 살갗 터지는 소리

이글거리는 불꽃에 마지막 몸부림이 그쳤다

목장갑이 상 위에 차려지고

검게 그을린 곰장어가 쟁반에 담겨 나온다

껍데기 훑으면 하얀 속살 드러나고

양쪽으로 피 튀기며 갈라지는 곰장어

내장까지 둘둘 말아 기름장에 찍어 먹는다

목장갑엔 핏물이 배어

그을린 껍데기 맛을 아는 불의 눈동자는 이글거린다

저 아궁이에서 바둥거린 아가미는 얼마나 될까

여주인은 환갑 넘은 나이에 젊은 놈팡이 잘못 만나

돈 뜯기고 곤혹 치르다가 한 재산 넘겼다는 후문이 돌고

불맛, 피맛 찾아 골목은 북새통이다

근처 핵 발전소가 세워진 곰장어집 아궁이에서

체르노빌 화염 방사능에 피폭되어

피부가 벗겨지며 서서히 죽어간 소방관들을 보았다

수상한 바닷가

활성 단층이 깊은 잠에서 깨어났다
어깨 들썩이며 기지개를 켜자 산들이 우르릉거렸고
한여름에도 떡갈나무들은 오한에 떨었다
방폐물 십만 드럼이 들어갈 터널
암반이 부서지고 수천 톤의 지하수가 봇물 터지듯 흘러나
왔다
땅이 흔들리자 균형을 잃은 사람들은 갈팡질팡했다
수명이 다한 월성 1호기의 생명줄을 붙잡고
모터는 펌프질이 한창이다
진도 6의 내진 설계와 해발 수 미터 높이에 세워진 핵 발
전소
주민들은 월성 1호기 철거를 요구했다
말문을 잠가버린 철문은 벙어리 흉내만 냈다
수상한 사람들이 수상한 부품으로 입막음하고
디엔에이 재생 불가능한 물고기들은
따뜻한 배수구 앞에서 빛의 찌꺼기를 삼켰다
지진이 잦은 남동해의 밤
산이 무너지고 지진해일이 일어나는 날

수평선 떠돌던 오징어 집어등은 미라처럼 마르고

서로 어깨를 기댄 집들은

푸른빛에 휩싸여 허물어지고 말 것이다

신의 영역인 푸른빛의 임계속도는 얼마일까

인간이 훔친 빛이 진동할 때 그 파고는 얼마나 높을 것인가

남동해에는

빛보다 빠른 속도로 우주를 향해 날아갈

체렌코프의 푸른빛이 숨겨져 있다

골매에 지는 해

마을 입구에는 도랑물이 바다와 손잡고
승용차 한 대 지나갈 방파제 아래엔
집채 같은 바위들이 파도를 가로막아
아낙들은 전복과 해삼을 잡아 아이를 학교에 보냈다
신고리 핵 발전소가 건설되면서 마을은 점차 지워졌다
종만이 형은 환갑이 지난 나이에도
젊어 시작한 횟집을 떠나지 못해 손님이 뜸한 해거름에
오늘도 수족관 청소를 한다
구순 노모가 기대어 햇볕 쬐고 있는 담장
마늘 몇 뿌리와 파꽃 한 줌 비틀거리는 텃밭에
언제 버려졌는지 모를 경운기가
해풍에 삭아 바스러질 것 같은 몰골로 바다를 바라본다
둥근 머리 원자로에서 정적이 흐른다
골매서 태어난 홍국이는 횟집 주방장 전전하다가
보상받을 땅 한 평 없이 떠났다는데
어디에 사는지 돌아오지도 못하고 소식이 없다
낚시꾼 몇몇 소주를 마시는 해변에
어두운 그림자 드리운 핵 발전소

원자로 지붕에 걸렸던 해가 철조망 빠져 달아나고

누군가 휘갈겨 쓴 원전 반대라는 붉은 글씨를 보며

예전의 골매를 다시는 볼 수 없단 생각에

늙어버린 종만이 형에게 아는 척도 못 하고 되돌아서고 말

았다

읍천항 벽화 마을

좁은 길 양쪽으로 하늘을 껴안은 자동차 지붕
아지랑이의 이글거리는 눈동자에
정적이 터질 듯 밀려오는 정오의 햇살
삭아가는 시멘트 담장에 갇힌 고래 한 마리
양철 대문 가운데 두고
문어와 오징어가 눈웃음친다
어린아이가 소나무에 걸린 그네를 타는 동안
부추 무성히 자란 채소밭 위로 고등어가 헤엄친다
담장 뚫은 거북이도 뒤를 따른다
물고기 떼 향해 다이버가 작살 겨누고
물안경 벗은 해녀들이 바위에 앉아 햇볕을 쬔다
골목에 세워진 해일 대피소 안내 표지판에
섬뜩한 소름이 스친다
몽돌 해변에 움푹 찍힌 발자국
사슴 두 마리가 창문 열고 바라본다
방파제 너머 고장이 잦은 월성 원자로의 대머리들
해변에서 돌 던지는 아이 얼굴이
플라스틱 책받침처럼 반짝인다

그림을 그려 넣어야 할 담장은 많은데
시력 잃을 것만 같은 탱탱한 빛에
유채꽃은 어디에서 꽃 피워야 하나
대숲은 어느 뒤란에 그늘을 드리워야 할까

사바사바

한반도에 암탉이 울면 고을 원님이 행차했다 두 번째엔 이 방님이 다녀갔다 포도대장도 대문을 활짝 열었다 암탉이 낳은 알은 어디로 갔는지 병아리는 생기지 않았다

후쿠시마 어부의 그물에 고등어가 잡혔다 고등어들은 어부 손바닥을 헤엄쳐 사라졌다 사무라이 검이 그물을 스쳤다

고리 핵 발전소에 계란을 삼킨 그림자가 나타났다 암탉이 병들었다고 신문과 티브이가 왁자하다 그림자는 자꾸 늘어났다 핵 발전소가 터질듯 팽창해도 계란의 행방은 알지 못했다 다행히 쓰나미는 오지 않았다

후쿠시마 핵 발전소에 고등어를 삼킨 그림자가 지나갔다 그물이 찢어져도 고등어는 더 있어야 했다 그러나 쓰나미가 밀려왔다 핵 발전소는 견디지 못해 터지고 말았다 세슘 비가 줄기차게 내렸다 수십경 베크렐의 방사능이 바다를 뒤덮었다

고리엔 계란을 감쌀 볏짚이 필요했다 후쿠시마에선 오염된 고등어라도 잡기 위해 찢어진 그물을 손질해야만 했다 계

란과 고등어는 어둠 속에서도 거래를 잃지 않았다 손바닥 지
문이 닳도록 그들은 사바사바*하기 바빴다

* 고등어의 일본 말. 과거 일본에서는 고등어를 뇌물로 바쳤다.

가물거리는 별

하늘이 기울고 바다가 넘치면
밑둥치가 부실한 탓에 지독한 멀미에 시달렸다
아무도 눈치챌 수 없는 거대한 구심력
고막에는 억새가 자라고
눈꺼풀엔 뭉게구름이 수시로 붙었다 떨어지면서
산은 천천히 뒤틀렸다
파도가 하얀 이빨로 해안선 깨물 때마다
푸른빛 얼굴은 생명을 끌어안으려 했다

요오드-세슘 비가 온종일 내렸다
가쁜 숨 몰아쉬는 눈들이
어둠 속에서 반사체를 열었으나
빛은 지워진 뒤였다
바다는 무거운 빗방울 품으려 애썼지만
가슴은 포화 상태였다
물고기들이 빗방울을 받아먹었다
기형은 또 다른 기형의 유산
아이들 모습도 천천히 변해갔다

해안선이 노란색 거품 토해낼 즈음

난시와 난청에 시달리던 사람들이

마지막 메시지 남기고 파도 속으로 사라졌다

시간은 멈추었고 얼굴 없는 시대가 펼쳐졌다

바다에서 귀신을 보았다

생태평화 시인 축제가 열렸던 새벽녘, 뒤척이다가 무서운 꿈을 꾸었지. 쓰나미가 밀려오고 핵 발전소가 터졌단다. 육지로 다가오던 너는 집 더미 같은 파도에 밀려 사라지고 말았지. 난 고래고래 소리 질렀고 꿈을 깬 내 입속에선 비릿한 냄새가 났단다.

장생포항에서 '고래바다여행선'이 항구를 미끄러져 갔단다. 야트막한 야산의 관목들이 폐쇄된 등대처럼 듬성듬성 서있고 공장의 철 구조물은 바다로 이어졌었지. 건너편 조선소에선 쇠 두드리는 소리가 무겁게 들려오고 용접 불빛은 영원히 꺼지지 않을 플라스마처럼 강렬하게 밀려왔단다.

현기증에 먼 바다만 바라보았지. 나카무라 준 시인에게 북쪽을 가리키며 저기 어디쯤 월성 핵 발전소와 방폐장이 있고, 산 너머가 당신 외할아버지 고향인 경주라 알려줬단다. 해안선 바라보며 어깨를 들썩이던 그녀, 파도에 튕겨드는 물방울 아랑곳없이 얼굴을 감싸고 선실로 뛰어갔었지.

해풍은 거칠게 불어대고 너는 보이지 않더구나. 검푸른 바다 날아다니는 갈매기가 바람에 밀려 뒤뚱거리고 옅은 해무에 가려진 항구 뒤로 공단의 거대한 굴뚝들이 연기를 뿜어대더구나. 너를 만나야 할 회유해면에서 귀신 같은 몰골로 바다로 뛰어든 육지의 모습을 보았단다.

지문에 눌린 계절

궤도차량에 밟혀 지문이 선명하게 새겨진 골목길
불도저 앞에 드러누웠던 사람들이 끌려나고
벽돌집은 흙더미 속으로 사라졌다
아름드리 버드나무도 힘없이 주저앉아
늦가을의 수심이 깊어갔다
1971년, 고리마을은 꺼지지 않을 빛만 남기고 사라졌다
지문 하나 찍혔다

신암, 신리, 비학, 골매
황토밭에 불도저의 기억이 되살아났다
빼곡 피운 배꽃, 한 송이도 놓치지 않으려
배나무들은 서둘러 잎을 틔웠다
반쯤 뽑혀나간 채 안간힘을 다해 꽃잎을 밀어올렸다
1985년, 봄은 끝내 계절의 끝을 열어주지 않았다
지문이 연초록 풍경을 지워버렸다

궤도차량의 굵직한 힘줄이 야산을 허물고
산벚나무도 진달래도 숨이 막혀

철조망 사이 초라하게 남은 봉수대 오르는 길

주인 떠난 과수원에 배꽃은 다시 피어도

봄은 무관심한 얼굴로 베일을 감아버렸다

2012년, 지리부도에서 밀려난 꽃잎들은 떨어지고 말았다

지문의 무한 행렬이 팽창하기 시작했다

빛이 지워질 때

한울 1호기가 정기 검사 8개월 만에 또 멈춰섰다
원자로 제어봉 하나가 떨어졌단다

1986년 체르노빌의 새벽은 뜨거웠다
연료봉 제어 미숙으로
노심이 녹아내려 별들도 희미하던 새벽
사이렌이 울고 핵 발전소로 달려간 사람들은 돌아오지 않
았다
1600킬로미터 떨어진 스웨덴에서 방사능이 검출되었고
핵 발전소로부터 30킬로미터 이내는
민간인 출입 금지가 결정되었다
폭발한 빛은 그 후 30여 광년을 날아갔다

저녁 바다와 하늘의 경계가 모호해서
고깃배 집어등이 수평선 밝히는 별이 되는 밤
수억 광년 날아온 별빛은
사라진 빛인지 시작된 빛인지 알 수 없는데
한순간 꼬리가 지워진 유성까지의 거리는 얼마일까

남동해 바다가 품고 있는 신의 빛

고리 핵 발전소는 울산시청까지 25킬로미터

월성 핵 발전소는 고작 20킬로미터

어디선가 또 별빛 하나가 몰래 지워지고

암 투병 중이던 친구도 오늘 새벽 그렇게 떠나갔다

변색된 청사진

허물어진 하늘 한쪽에서 뜨거운 바람이 불었다
균형이 흐트러진 갈매기들은 날개를 이리저리 흔들었다
길천마을은 체온보다 높은 바람에 헉헉댔다
낡은 지붕엔 찢어진 현수막이 마스크를 끼고
건너편 재개발된 유리창엔
바다에 떠 있는 말끔한 구름의 색안경이 비쳤다
개발과 제한을 공유한 마을은 기형으로 변해갔다
견디다 못해 머리띠 두른 동네 사람들이
고리 핵 발전소로 몰려갔으나
철문은 입을 굳게 다물고 바리케이드를 펼쳤다
헐렁해진 전봇대 힘줄이 출렁댔고
이주하지 못한 풀잎들은 딱딱한 비명을 질렀다
하늘 한쪽 가린 나무판자 속에서
목젖은 곰팡이 냄새 풍기며 한없이 추락했다
벽이 구겨지고 지붕은 점점 낮아졌다
위조된 핵 발전소의 부품 성적서처럼
초기 건설 때 내밀었던 마을의 청사진은
사십 년간 햇빛에 방치한 대가로 누렇게 변색되고 말았다

발자국이 사라진 골목길

뜯겨나간 벽체 사이로 스며드는 빗물에

청사진 속에 살던 사람들의 그림자는 하나둘 지워지고

푸른빛 잃어버린 바다도 하얀 몸살을 앓았다

번개 조리사

765 송전탑이 육중한 걸음을 딛는다

손깍지 끼고 몇 며칠 버텼으나

비바람에 허리가 꺾여 앓기 시작한 무기력증

오늘밤 요리의 재료는 무엇인가요

여드름쟁이 토마토나 노란색 당근은 어디서 구할까요

폭풍우 심하게 몸서리치더니

송전탑에서 떨어져 나온 번갯불의 손가락이

슬레이트 지붕을 할퀸다

편식을 강요하는 식단에 짜증난 듯 창살을 갉아댄다

돼지우리에 못질을 하는 붉은 핏줄들

깊은 상처에서 신음이 흘러나온다

갈라진 틈새로 파장이 극에 달한 천둥소리가 파고든다

그림자는 세이렌의 노래에 휘청거린다

오늘 저녁엔 비명을 지른 돼지 뒷다리 요리를 맛볼까요

라디오의 잡음은 더욱 지직거린다

알 수 없는 교신 내용이 허공으로 사라진다

푸른색 도장이 선명하면 더욱 좋으련만

칠리소스가 잡냄새를 잡아주겠죠

전기는 전염되지 않으니 식중독 걱정은 마세요

초보 조리사는 전율의 입맛을 다신다

어둔 하늘에 번개 나무는 자라나고

그림자를 잃어버린 사람들은 번개의 가지처럼 사라진다

눈을 부라린 송전탑이

능선을 거슬러 서쪽으로 긴 발자국을 점점이 찍는다

번개가 요리한 좌절은 연속성 맛이다

사라진 마을

소를 닮았다 해서 우봉이라 했다
하반신 도살당한 산은
너덜너덜한 살점 드러내며 흘러내렸다
펄프 공장 악취가 해풍을 타고 밀려왔다
바람도 결이 있어서
냄새의 파동에 반복하여 얼굴을 찡그렸다
마을을 집어삼킨 공장이
조금씩 바닷물에 발 담그며 파도를 밀고 나갔다
갈라진 틈으로 고패질하면
손바닥만 한 놀래기가 딸려 나오던 갯바위를 삼켰다
멸치 그물 털던 어통소가 쓰러지고
갈매기가 부화하던 절벽도 신음을 흘렸다
물길이 바뀌어 파도치지 않는 해변에는
부유 물질들이 부랑자처럼 떠다녔다
연휴 기간 손가락 멈춘 굴착기가
언제든 바다로 뛰어들 기세로 손톱을 세웠다
가동 멈춘 공장엔 삭막한 바람이 불고
철 구조물이 흉물처럼 쌓여

생명이 사라진 행성처럼 을씨년스럽다

그림자 하나 움직이지 않는 한 컷 사진을

얼마 후면 베어져나갈 해송 몇 그루가 지켜보고 있었다

빛의 숨결

핵 발전소가 터진 뒤
빛보다 빠른 오르페오의 슬픈 노래가 파도쳤다
뒤돌아보면 안 될 규율에 무너진 하프의 선율
날개가 무거워진 갈매기는 에우리디체의 얼굴을 볼 수 없
었다
보에 갇힌 사대강엔 물고기가 배를 뒤집고
하늘에선 765킬로의 빛이 얼굴을 갉아먹었다
무뇌아처럼 우리는 지하 동굴에서 방황해야 하는가
꽃씨는 부드러운 태몽 속에서 꽃피우려 한다
거친 바람의 담보가 된
꽃들은 하늘을 열어볼 계절을 박탈당했다
어느 바람이 시간의 질서를 어지럽히려 하는가
두터운 얼룩만 남을 뿐
끊어진 하프의 선율은 급조한 울림으로 눈가림되었다
사랑의 얼굴을 강제로 잊어야만 하는가

욕심으로 그은 울타리를 벗어나지 못한다
정부는 정부를 끼고 쾌락이 한창인지 정부를 정할 정부가

없다

하프 소리는 애정 행각을 위한 노래였을 뿐
모든 사랑은 정부였다
짐승처럼 살아온 잡초들은 그 노래를 듣지 못한다
높은 산에서 고양이 울음이 무섭게 들렸다는
가스통을 든 험악한 노인들 이야기였다
나의 정부여 어디서 밀회를 즐기는가, 그대
휘청거리던 대나무들은 부러졌고
폭발음의 파동에 풍경은 한순간 구겨졌다
성냥갑 같은 집들이 불타 검푸른 연기가 치솟아 올랐다
이 땅을 지배했던 종족들이 사라진 흔적
빛은 바다에서 시작됐고 바다에서 끝이 났다

간절곶 편지

바람이 머물다 어디론가 배달되는
반도에서 가장 큰 우체통
꼬박 밤 지샌 파도 소리와 오징어 집어등 불빛이
수취인 불명 편지가 되어 떠다니는 해변
엽서에 사랑을 고백한 연인들이
빨간 우체통 두드릴 때
통 속에서 뱃고동 소리가 울려 퍼지는 건
분명 바다를 그리워하는 누군가 있다는 증거다
아르바이트하는 젊은이들이
기차역 내려 버스 타고 쥐꼬리만 한 일당 받으며
막일하는 핵 발전소 근처
간절곶에 오면 편지가 되고 싶다
소금꽃 피운 몸 착착 접어
가장 먼저 아침 해를 추신으로 동봉하고
갯바위에서 마시는 커피와
지진해일만은 밀려오지 말라는 당부를
갈매기 울음에 덤으로 부쳐지고 싶다

제2부

자맥질하는 반구대

목도로 간 처용

세죽에 신혼여행 왔었다는 시인을 생각하면
처용은 도처에 있는데
처용 보러 왔을까 하다가
불현듯 처용이 사라진 세상에서
그가 그리워서일까 하다가
공단에 둘러싸인 처용암을 바라본다
하루 밥벌이하던 낚싯배는 사라지고
울창한 동백이 붉은 목젖 터뜨려도
목도까지 갈 뱃삯 이십 원짜리 나룻배가 없다
대나무 벗나무 지키던 암자도
공단이 들어서면서 사라졌는데
발길 끊긴 목도에 해마다 동백 지고 벚꽃 핀다
처용이 꽃을 피우나 보다
검은 굴뚝의 불빛이 흔들리는 바위 앞에
안개 휘감아 나타날 것만 같은 얼굴
그 많던 파도와 갈매기는 어디로 갔는가
얼굴 없는 처용암에서 시인은 무엇을 보고 갔을까

아내의 잠

골목길 양쪽으로 건어물과 고추방앗간 점포들이 이마를
맞댄
중앙시장 근처로 이사 온 지 사십 년
폐암을 앓던 아버지가 십여 년 전 돌아가신 뒤에도
천장에는 빗물의 얼룩이 짙어갔다
사십 년 오르락내리락하던 당뇨가 심한 어머니
오래된 계단에 이젠 힘이 부치시나 보다
열흘간 입원했던 어머니가 퇴원하시던 날
아내는 다른 동네 아파트로 이사를 하자고 했다
창밖엔 벚꽃이 소용돌이치고 있었다
시장 건물이 헐리고 큰 도로가 생겼어도
재래시장 근처를 떠나지 못했다
아내는 오래된 좁은 집에 이골이 났을 것이다
시집올 때 가지고 온 장롱 문짝이 떨어지고
벌레들은 수시로 출몰했다
열대야 오기 전에 이사 갈 집을 알아보라 했다
달포 동안 손가락 꼽으며 돈 계산하던 아내
당분간 이사를 포기하겠단다

아무리 계산해도 터무니없는 아파트 값과

은행 이자가 감당키 힘든 무게가 되는가 보다

어버이날이라며 찾아온 만삭인 딸애가 되돌아간 뒤

적금이라도 타면 생각해보자며 쓰러지듯 잠이 든 아내

'ㄹ' 자로 웅크린 아내의 홀쭉한 뱃속에서 빠져나간 건 무

얼까

까닭 없이 심란하게 황사가 덮친 날이었다

태화강 연어는 슬프다

피라미 같은 아이들 손길이 강물을 어루만졌다
여린 싹이 꽃샘추위에 고개를 내밀고
누치들이 떼 지어 몰려다니는
삼호다리 부근에 연어 치어를 방류했다
지느러미엔 재잘거리는 소리가 딸려
해마다 수십만 개의 웃음이 바다로 떠나갔다

강을 가로질러 설치한 포획 시설에
낙엽과 함께 연어가 되돌아왔다
생태가 살아났다며 지자체는 홍보에 열을 올렸다
축제가 열렸고 연어 요리를 선보인단다
무지막한 손아귀에서 아이들 웃음이 떨어졌다
연어야 인적 없는 강변에서 마지막 하늘을 보거라
자갈밭에 몸 비벼 알 낳을 샛강이라야
생명은 터전의 냄새를 기억하리
물이 맑아졌다고 공치사하는 하수인은 되지 말거라

지느러미에 딸려 보낸 웃음을 찾으려

아이들은 강변으로 모여드는구나

폭포를 박차던 몸짓으로 장벽을 뛰어넘고

고래가 거슬러간 반구대까지

선사의 문양 그려진 천전리 각석에서 숨을 고르자

그리고 천천히 자연으로 되돌아가자

막걸리 시음장엔 고갈비가 산다

구도심을 통과하는 옥교동 버스 정류장은 늘 북새통이었다
진흥상가 당구장에 모여
자장면 시키고 담배를 배웠다
간밤에 사복 경찰이 들이닥쳐 윗도리를 벗겨
문신이 있는 친구를 모조리 잡아갔단다
삼청교육대로 끌려갔다는 소문이 돌았고
그 후 소식이 끊겼다
골목 포장마차에서 순대 반 접시에
소주 두어 병 마시는 것이 일상이 된 젊은 날
휴교령 내린 학교 근처엔 얼씬도 하지 못했다
안기부로 끌려간 종석이도 더 이상 나타나지 않았다
이틀 뒤 입대하는 동대를 위해
골목길 모퉁이 막걸리 시음장으로 모여들었다
두꺼운 전공 서적이 술값을 떠안았다
고갈비와 막걸리는 통금 시간을 거부했다
술 취한 누군가 시멘트 바닥에 쓰러지면
막걸리와 고등어 뼈에 뒤범벅이 되곤 했다

통금을 알리는 호루라기에 도망가면서
최백호의 입영 전야를 목청껏 불렀다
흔들거리는 봄날 그렇게 목이 쉬곤 했었다

서리꽃은 왜 유리창에 피는가

황사 먼지 사라진 화창한 봄은
도시의 눈동자를 지평선까지 열어놓았다
상승기류를 타고 순조롭던 비행기가
바다 위에서 부러질 것만 같은 날개를 파닥거린다
모든 뼈를 대나무처럼 비워내도
유체 속에서는 다들 비틀거리고 말 것인가
중력을 거스르지 못한 위태한 항로는
추락과 상승을 번갈아 롤러코스터를 탄다
안전벨트 매고 자리에 앉아 있으라는 기내 방송에
나는 빠삐용을 생각한다
폐쇄된 공간을 뛰쳐나갈 수만 있다면
수백 미터의 허공에서 자유낙하라도 하고 싶다
한 치 앞도 구분치 못할 막장구름을 통과하면서
불안한 마음도 덩달아 요동쳤다
손바닥만 한 창으로 힐끔거리는 바다
시간이 멈춘 하늘에서 해무 짙은 해변을 보았다
두려움이 최고조에 달했을 때
사랑은 빛의 속도로 왔다가

트랩을 내려서면서 빛의 속도로 달아났다
멈췄던 시간을 찾으려 습관적으로 스마트폰을 검색했다
산둥반도부터 하늘을 건너는 동안 맹골수도에서는
'엄마 아빠 사랑해요'라는 문자들이
균형을 잃어버린 수면 위로 수없이 피어올라 있었다
폐쇄된 유리창에 가득 핀 서리꽃처럼
서정이 죽어버린 시간을 얼마나 더 견뎌야 하는가

카멜레온

숙취로 머릿속에 안개가 자욱하던 날

방향감각 잃어버린 늙은 짐승처럼 벽에 비스듬히 기댄 아침

울산의 현안 놓고 토론 벌이는 TV를 본다

대대적인 홍보가 된 고래 축제

토론자들의 열띤 의견 듣는 둥 마는 둥 하다가

갑자기 귀가 열리고 술이 화들짝 깬다

축제를 전국 규모로 키우기 위해선

지방의 민속주와 고래가 어우러져야 한다며 열 올린다

술고래 축제를 열다니 이게 무슨 조화인가

막걸리나 마시는 서민을 생각하고 위해주다니

술꾼의 마음 이렇게나 헤아려주다니

고마워서 눈물이 났다 배 움켜 뒹굴며 꺼이꺼이 울고 싶다

울다 웃다 배꼽 빠지고 똥구멍에 털이 수북 나도록 낄낄

거리고 싶다

오월의 바람 타고 태화강 둔치에 고래가 나타났다

'술고래 광장' 무대엔 여가수가 흥겨운 트로트 부르고

술고래들은 고래고기 안주를 먹는다

피가 뚝뚝 떨어질 것 같은 시뻘건 생고기

술잔이 오가는 어릿광대 닮은 빨간 코의 사람들

고래 힘줄처럼 질긴 그들만의 연대에 만족하다는 듯

둔치엔 번들번들 고래기름이 흐른다

레드콤플렉스에 질겁하던 파란색은 어디로 갔나

고래 햄버거가 불티나게 팔리는 먹거리 장터

새파란 하늘 위로 빨간 풍선이 날아간다

태화강 거슬러간 귀신고래는 반구대 바위 속에 웅크렸고

파란색 점퍼 입은 그린피스 요원들은

포경 반대 외치며 장생포에서 시위 중이다

자맥질하는 반구대

물의 지붕이 넘실거렸다
댐 수위 높여 식수로 전환하려 하자
지붕 아래 모여 있던 고래들은
바닥부터 솟구쳐 바위를 부숴 뛰쳐나가려 했다
사슴과 멧돼지도 산으로 도망칠 기세였고
고래사냥 나갔던 조각배는 풍랑에 휩싸였다
밤이면 바위 속에서 온갖 짐승들이 울어댔다
보다 못한 마을 사람들이
고속도로 점거하며 시위를 벌였다
물보다는 바위를 지키려 했다
마침내 암각화 국보 지정을 이끌어냈고
명승지 지정 추진한 것도 모두 마을 사람이었다
1995년 어느 날이었다

다시 물의 지붕이 거칠게 들썩거렸다
피부병 앓는 고래들은 등껍질이 벗겨질 것만 같았다
성기를 세운 사낸 고개를 숙였고
나무배는 뒤집히기 직전이었다

세계 문화유산 등재를 조사하던 사람들이 쫓겨났다
고래를 치료하고 희미하게 사라지는 호랑이에겐
물의 지붕을 낮추는 처방이 필요하다 했다
그러나 식수를 지켜야 한다며
촌장이 침 튀겨 지붕을 높이려 하자
합세한 마을 사람들이 다시 시위를 벌였다
'세계 문화유산 등재 결사 반대' 현수막이 펄럭거렸다
수면 아래 잠긴 고래들은 익사하고 말았다
2013년 연초록이 어여쁜 봄날이었다

치매 앓는 연어

길은 고통을 운반하는가

연장 근무 뒤 집으로 가는 노동자의 자전거 바퀴에서

날카롭게 풀려나오는 체인 소리

강에 내린 어둠이 천천히 감겨

원형의 질주는 삐걱대는 소음으로 페달을 밟습니다

솜털처럼 가벼운 걸음이 박제된 건 오래전 기억

어깻죽지에서 비늘이 돋아나

수면에 널렸던 불빛들이 일렁댑니다

콧잔등 염증이 불거진 연어가

그물망에 휩싸여 마지막 물거품 쏟아내면

아가미가 뿜어대는 바다 냄새

까마귀들이 무리지어 대숲으로 날아들고

가로수는 혼인색 연어처럼 푸석한 이파리를 출렁거립니다

어지럽게 날리는 검붉은 비늘

가을을 뚫고 달리는 자전거가

나무 비늘 헤치며 잠들었던 바람을 깨웁니다

빌딩의 불빛이 흩날리는 강변에서

길 잃은 연어들이 마지막 숨을 몰아쉬고

아이들은 별이 사라진 도시를 고향이라 부르기 시작했습
니다

빛의 추종자

우산은 먹장구름에 가려진 빛의 그늘이다
양철 지붕 때리는 빗발에 펼친 우산
꾹꾹 눙쳐둔 그림자를 끄집어냈다
횡단보도 건너면서 팽팽 돌아가는 우산
빗방울은 원주 따라 나선형 꼬리를 물고
우산살 발목을 붙잡고 늘어졌다
전조등에 회전하는 그림자들
한 컷 두 컷 아스팔트 위에 연이어 터뜨렸다
빗방울엔 작은 불빛 하나씩 반짝이곤 했다

그림자들은 불빛 반대편으로 역주행하며 사라졌다
포개진 시간의 틈바구니에서
빠르게 명멸하는 빛을 보았다
빗길에 날아오르는 그림자 타는 냄새
앞선 자국이 지워지기도 전에
바퀴들은 앞다투어 발바닥 무늬를 찍어댔다
전조등 각도에 따라 좌지우지 사라지는

그림자의 뒤꿈치가 질척였다

빗줄기가 각막 핥아대는 밤

그들은 사방으로 흩어지는 빛의 추종자가 되고 말았다

거울 뒷면

거울이 넘어질 때 관목과 풀도 쓰러졌다
조각난 숲에서 한 뭉치 바람이 몰려나왔다
하늘이 무너지고 비가 쏟아졌다
구름에 젖은 긴 머리칼을 쓸어내리는 그녀
벽면을 타고 흐르던 빗줄기가 거울 위로 쏟아졌다
거울 속엔 늙어버린 그녀가 서성댔다
한 걸음 물러서면 두 걸음의 거리가 생겼다
그녀가 얼굴 맞춤형 가면을 뒤적거렸다
낙엽처럼 바닥을 뒹구는 가면들
썩은 나무 울림통의 리듬이 들판을 흔들었다
하나의 관념으로 새로운 길을 찾는 어리석은 발자국
깨질까 두려워 노심초사하는 거울들

봄은 얼음장 밑에서 시작된다
두터운 겨울을 온몸으로 밀어 올리며 움트는 싹들
혁명 없는 계절은 얼마나 무거울까
발길에 채는 들꽃에게 바람은 아직 무뚝뚝하다
빙판길을 달리는 툰드라의 운전수처럼

질주의 본능을 거침없이 쏟아부어야 하는 것이 봄의 시간
이다

　안개가 발목을 잡으면 풀은 깊은 잠에 빠진다

　밤의 눈은 더럽고 추잡하여 시야를 확보하지 못한다

　잘 구워진 고기 향이 들판에 피어나면

　굶주린 양들조차 죽은 동료의 시신을 뜯을까

　소문은 신들의 질투가 아니라 양치기 소년의 거짓말

　눈먼 양들은 노을 속으로 도망치고 저녁은 불타고 만다

　잡초를 농락하는 기름진 땅은 거만하고

　메스로도 환부를 도려낼 수 없는 모든 권력은 딱딱하다

　딱딱한 거울 뒷면에 그림자들이 산다

가슴에 멈춘 강

새벽마다 강은 솜사탕 피워 올렸다
황토물이 쓸고 간 하천 부지의 집터
국방색 텐트 속에서 새우잠 잤다
강변은 낮은 쪽에 사는 사람들의 안식처
목마른 자폐증 아이처럼
물을 찾아 가까운 곳으로 다시 모여들었다
사람들은 강물처럼 유순하고 천천히 흘러갔다
국어책 찢어 보리밥 끓였다
잿더미로 사라지는 바둑이
철수와 영희도 골목을 배경으로 검게 그을렸다
설익은 보리밥처럼 물살에 일렁대는 강변의 조약돌
심심하면 물수제비를 떴다
수면 위로 솜사탕이 흩어지면 입안 가득 침이 고였다
밀가루 반죽 수제비가 머릿속에서 넘쳐나기도 했다
새벽 장 나간 어머니는 돌아오지 않고
동생들과 보리밥을 달게 먹었다
그 강은 콘크리트 구조물에 갇힌 호수가 되어
녹조가 덮친 푸른 아가미의 피라미들이
주둥일 오물거리다가 기어코 하얀 배를 뒤집고 만다

제3부

디아스포라

자작나무 숨소리

기억상실증인 자작나무는 온몸이 후들거렸다
각질 벗겨진 종아리
석수장이 정에 떨어져 유배된 시간
눈보라처럼 흩어진 발해 절터에
반도 어디쯤에선가 길을 만들어온 발자국
칼바람에 쩡쩡 갈라지는 두만강 건너왔을 주춧돌들
바닥을 달리는 숨소리는 늘 거칠다
하바롭스크를 향해 사위 흔드는 화물차의 굉음
초목도 시든 함성으로 누웠다
시베리아 초입, 까치발로 울타리 넘는 시선은
철망을 걷어내지 못해 애가 탄다
조여오는 냉기에 발목에선 서리꽃이 핀다
솔빈부의 흔적은 어디에 감춰두었는가
세찬 눈발에 지워지는 발해의 시간
지상은 하얗게 하나가 되어도
자작나무 나이테에 기록된 선명한 지문들

기울어진 아무르 숲

샛강이 흐르는 평원, 관목 사이 파고든 뻐꾸기 울음
사선을 긋는 햇살에 눈꺼풀이 가벼운 야생화들
목을 쭉쭉 늘어뜨린 자작나무 숲은 질주를 멈춘 얼룩말 무
리 같다
숲은 얼룩으로 만든 집이다
나무껍질 무늬 벽지 속, 흰옷에 상투 튼 얼굴들은
햇살 뒤편으로 얼룩에 잠식당하듯 사라졌다

숲이 시작된 곳부터 계절은 눈을 비벼댄다

나뭇잎이 보료처럼 깔린 바닥
쓰러진 나무에 등을 기댄 채 바라보면
수직으로 서 있던 나무도 야생화도 사선으로 기울어진다
햇살은 다시 수직으로 일어선다
시베리아 기찻길 저편
자작나무를 닮은 사람들은 어디로 실려 갔을까

눈꺼풀이 닫히는 파란 눈의 인형처럼 바닥에 누웠다

숲이 얼룩과 뒤섞일 때 어디선가 총성이 울렸다
얼룩이 쓰러진 자리에 나뭇잎이 햇살을 가렸다
뻐꾸기는 더 이상 사선으로 울지 않았다

디아스포라

꼬리는 무거운 그림자만 남기고 사라집니다
덜컹대는 걸음으로 역사를 지나는 기차
시베리아 거쳐 우랄 넘어 모스크바에 닿아도
우수리스크역 급수탑의 고드름에는
햇살 몇 가닥 굴절되어 갇혀 있습니다
수형 기간 끝나서도 석방되지 못한 빛은
끈질긴 집념이 연분홍으로 익어
봄의 언저리에서 함성을 지르는 들꽃처럼
언젠가는 뭉텅 피어날 겁니다
눈 위에 눈이 쌓여
절개지 단층마냥 잘린 눈벽
선명한 먼지 층은 단절된 시간을 기록한 증거물인가
억압 정책이 남긴 고통의 잔해들
푸칠로프카 평원에 선뜻 발 디딜 수 없어
눈밭에 서성대는 이방인이 됩니다
주인 잃은 어처구니없는 맷돌
모질게 날아드는 눈보라에 얼굴을 지워갈 뿐
눈벽의 창살에 갇히더라도

층층이 선명한 기억은 언제쯤 녹아내릴까요

황무지에라도 죽은 나무를 심고

꽃이 만발할 때까지 물을 주고 싶어도*

분노와 평정 사이의 마음이 애타게 끓어

잿빛 구름 뒤덮인 시베리아에서

아직은 봄을 싹틀 줄 모르는 계절이라 부르고 싶습니다

* 타르코프스키 영화 〈희생〉에서 빌려옴

북쪽으로 떠난 기차

낮게 깔린 구름이 파도를 긁어대고
상처 어루만지듯 포말 위로 갈매기들이 내려앉습니다
노령 근해* 여객선은 어디에 있는가
야트막한 민둥산 아래 대륙의 끝으로 연결된 철도
석탄 싣고 도착한 무개차들도
우르릉거리는 수평선에 시선을 고정시킵니다

군홧발에 짓눌려 강제로 떠나야만 했던 사람
뽀얀 입김만이 플랫폼에 서성댔을 그해
바퀴에 걸린 비명들은 눈 덮인 시베리아를 뒹굴었으리
강제 이주 열차의 뒷모습이 찬바람에 날려드는 듯
루손 섬 북쪽에서 무섭게 몰아치는 진눈깨비
하늘은 무겁고 바람은 거칠게 쓰러집니다

개척리 언덕에 날리는 눈발이
블라디보스토크 플랫폼에 휘날렸을 그날도
철로의 얼굴은 반들거렸겠지요
증기 화차 목소리가 육중한 기관으로 변했을 뿐
휘몰아치는 눈보라 속에서

하얼빈으로 향하던 화차를 떠올려봅니다

권총 한 자루 품에 안고
곱은 손으로 차가운 방아쇠에 온기 불어넣던
젊은 리얼리스트는 북만주로 거친 숨 몰아쉬었으리
아홉 시 삼십 분 하얼빈에 멈춰 선 시곗바늘
바닥엔 선명한 삼각형과 역삼각형
음유 문자인가
역사의 시간을 단절한 탄환이 출발한 곳
치욕의 연장선이 끊어진 곳

기차는 평행선을 기억하기에 말이 없습니다
모퉁이로 사라지는 모습에 이끌렸어도
차가운 발길은 머물고 말았습니다
레닌 광장에 흩날리는 눈발이 백설기처럼 쌓이는데
우라지오 바다가 얼면 이용악을 만날까
북쪽으로 떠난 사람들이 되돌아올까

* 이효석의 단편소설

슬픈 강

앉은뱅이 엉경퀴가 시든 얼굴로

마지막 남은 연보랏빛 손가락을 비벼댑니다

깨진 유리창 너머 아이들 눈동자가 사라져도

벌판은 다시 푸르게 자라겠지요

지평선의 끝을 잡고 한 바퀴 돌아보면

모든 길 활짝 열어놓은 평원

사위는 원으로 이루어진 하나의 직선일 뿐

우수리스크 수이푼 강가에서

힘겨운 이소를 끝낸 굴뚝새의

숨죽여 날아가는 날갯소리를 듣습니다

식솔의 생계 이끌고

무작정 북쪽으로 떠나온 유민들 아우성인 양

타닥타닥 튕겨나는 불티

바닥을 구르는 모래 알갱이는 어디서 멈출 수 있을까

유허비* 휘돌아 흐르는 슬픈 강

그 강물 따라 해안선 가다 보면

또 다른 아우성으로 떠도는 두만강을 만날 터

갈 수 없는 땅 곁에 두고

먹먹한 가슴에 스치는 서슬 푸른 바람

이국의 바람 속에서 어찌 강의 슬픔 헤아리겠습니까만

지평으로 사라진 새소리 기억하려 애쓰듯

차츰 잊혀져가는 이름을 불러봅니다

* 보재 이상설 유허비

두만강에서 백석을 만나다

겨울 강은 입술을 굳게 깨물고 있었다

잡힐 것 같던 건너편 민둥산도

후려치는 눈보라에 귓바퀴에서 떨어져 나갔다

국경에서 하얗게 고립되고 싶은 날

강 건너편 누군가는 사시나무가 될 터인데

도문강 호텔엔 새파란 눈의 러시안들이 북적인다

눈길에 찾아 나선 훈춘 평양관

평양서 왔다는 처녀들의 노래가 겨울을 녹인다

선반에서 색 바랜 책 한 권을 껑충 뛰어 두 손에 넣었다

1930년대 활동한 시인들이란 낡은 책 속에

백석은 깨알 같은 글씨로 갇혀 있었다

북으로 간 백석과 처음 만남에 가슴이 뛰었다

숨죽여 강을 건너는 발자국 소리가 들릴 것만 같은 밤

백석을 데려오고 싶었다

나타샤와 당나귀를 밤새 이야기하고 싶었다

들쭉술에 겨울은 뜨거워지고 덩달아 마음도 달떴다

"평양 아가씨, 백석을 아세요?"

"모릅네다. 제자리에 갖다 놓시라요."

책임자를 불러 백석을 석방해달라고 했다

"남조선 선생은 왜 껑충 뛰어서 책을 꺼냅네까?"

아무도 없는 구석에서 만난 백석인데

누군가 CCTV로 우리의 만남을 감시하고 있었나 보다

보위부 냄새가 나는 젊은 친구는 막무가내였다

녹아내리던 겨울은 차갑게 얼어갔다

골목길엔 우당탕거리는 바람이 몰려다니고

빛바랜 갈피 속으로 백석은 사라졌다

눈의 창살을 뚫고 숙소로 가는 길

당나귀 대신 개 짖는 소리 눈발에 묻혀

멀리 불빛 한 점 없는 강 건너편은 하얗게 지워지고 있었다

바람만이 건너는 강

만포 하늘은 회색빛

집안 하늘도 회색빛

압록강은 회색의 땅을 갈라놓으며 요동친다

강 건너 구리 제련소 굴뚝 아래

만장을 휘날리던 먹구름이 만든 새로운 봉분 하나

집안 자갈 강변에 제상을 차려놓고

건너편 오부 능선을 향해 향을 피운 사내

곡소리는 강을 건너는데 봉분은 멀기만 하다

연길에서 체포되어 저 강으로 끌려가다

야밤에 목숨 걸고 탈출한 뒤

모래알처럼 변방을 뒹굴어온 십여 년

오늘은 강을 건너고 싶어도

회색빛 하늘은 길을 열어주지 않는다

잔을 올리는 사내의 어깨는 점점 들썩거리고

유품을 태운 연기가 가뭇없을 때

날선 울음이 강의 심장을 찌른다

무거운 그림자를 드리운 구리 광산의 굴뚝

남은 식솔들의 생사는 알 수 없고

건너편 사람들은 어둠 속으로 사라졌다

어머니의 강에 퍼질러 앉은 사내

머리 위로 별들이 기울어질 동안

빛바랜 물소리만 남겨둔 강은 천천히 사위어갔다

압록강 생수

북새통인 밤기차는 숨이 턱에 걸렸다

습기가 점령한 차창으론 가늠치 못할 바깥

졸고 있는 사람들이 열차 회전 방향 따라 기운다

중강진에서 떠오르는 해를 맞았다

강바람에 날려드는 눈보라가 얼굴을 때린다

어설픈 걸음이 미끄러지듯 걷는다

귀마개 두른 아이들

볼이 발갛고 콧물 훔친 손등이 부르텄다

빙판길 달려 도착한 장백현

강 건너 콘크리트 구조물이 무너질 듯 늘어섰고

초소가 듬성듬성 서 있는 혜산을 보았다

슬레이트 지붕의 나지막한 집들

닿을 듯 가까운 거리에서 찬바람을 맞고 있었다

샘플이라며 장백생수를 포장해준다

바이어로 잘못 소개된 내가 술자리의 주인이 되었다

대장부는 배갈을 대작해야 한다기에

큰 잔 가득 부어 건배를 청했다

맥주만 마신다며 은근히 깔보던 중국인들의 표정이 달라

졌다

연속으로 세 잔을 건배하자

중국인들이 쓰러졌다

되돌아가면서 샘플로 받은 생수를 마셨다

장백보단 백두의 맛이 났고

압록강의 모습이 차창으로 흘러가고 있었다

도문의 불빛

도문의 어둠은 물속으로 흐른다
가장자리로 몰려간 바람이 갈대숲 허적거리면
어둠을 베어 문 불빛이 깜빡댄다
건너편 희미한 빛은 소통을 꿈꾸는 메시지인가
나들목은 한 길 몸속에 휘감긴
천 갈래 통로이던가
조카 만나러 흑룡강성에서 온 박씨
후들거리는 걸음은 조중우호(朝中友好) 다리 건너기 전부터
운다
함경도 북청에서 온성군 남양까지
여자의 몸으로 무개차에 숨어 사흘 걸려 도착한 조카
얇은 바지 두 벌 껴입고는
초겨울 냉기 수습하지 못해 발갛게 언 종아리
박씨와 조카는 한없이 운다
부둥켜안고 마냥 운다
울다 지쳤다가도 종아리 보고 다시 운다
강심으로 산란한 시선이 불빛 헤아리는 밤
생의 배꼽 잃어버린 아우성을 읽어보라

어둠이 내린 어딘가에서

소용돌이치며 흐느끼는 소리

강 건너지 못한 그림자들이 바동거리는 소리

조금씩 국경 두드리는 강 안개

퉁퉁 부은 두 사람의 눈에서 황톳물이 쏟아진다

물은 가슴으로 길을 적신다

부도난 생을 걸치고 무거운 겨울밤 끌며 닿은 만주 벌판

세찬 눈보라에 후들대는 밤길을 어금니 딱딱거리며 걸었
습니다

구한말 박씨의 조부가 경상도에서 이주한 시골 마을 평안
(平安), 주먹만 한 눈덩이에 매리설산 넘어가는 마방처럼 온몸
이 하얘집니다

긴 꼬리 휘감는 바람, 전깃줄의 탱탱한 울음이 어둔 벌판
으로 빠르게 날려갔지요

도로를 경계로 건너엔 한족, 이편엔 조선족이 국경 없는
국경을 두고 사는 마을

거친 눈보라가 군무만 남기고 사라지는 가창오리 떼 같다
는 생각이 들 때

형형한 눈발 가르며 내려앉는 댓 살가량 계집아이 목소리

"할매, 춥다 안카나. 문 쫌 닫아라."

동토에서 듣는 경상도 억양

겹겹이 비닐 싼 봉창 속엔 누군가 남쪽에서 불어올 봄을
기다리고 있었습니다

생수 사 가자던 박씨 말을 대수롭지 않게 들었습니다

미닫이문 들어서니 어디선가 똑똑 떨어지는 물방울 소리, 벽체 휘돌아가는 수로가 미로처럼 얽혀 있었지요

  수돗물이 없는 만주 벌판, 마당에 버린 생활하수가 지표로 침수되면 재래식 펌프로 다시 퍼 올립니다

  좁디좁은 부엌 휘감아 모래와 숯을 지나온 물에서 풍기는 달걀 썩는 냄새

  봉창을 삼중으로 감싼 비닐이 파르르 떨고 거친 눈보라에 마당에선 무언가 우당탕 날려갑니다

  아이거 북벽에 매달린 조난자처럼 문설주에 걸어둔 시래기 다발도 요동칩니다

  을씨년스런 날씨에 세면 걱정할 때

  종일 받아낸 물을 가마솥에 설설 끓여 떠내주시는 할머니

  하루치 생명수를 세숫물로 내놓으신다

  골목길 외등에 날아드는 눈발이 부엌문 틈으로 보였지요

  비루한 손금을 보며 먹먹한 손바닥을 비벼댔습니다

  차갑고 어두운 낯선 길, 소실점으로 몰아치는 눈보라처럼 발가락 꼼지락거리며 잠들지 못하는 밤

  질긴 겨울 되새김질하며 밤새 떨어지는 물방울 소리

수평선도 때론 기울어진다

쿠릴스크 활주로에 바람이 웅성거린다
때늦은 야생화가 마지막 남은 초췌한 햇볕을 쬔다
지붕에 보따리 싣고 모래 해변을 질주하는 버스
쏟아지는 햇살이 북양의 해변을 움켜쥔다
화산의 허리를 감싼 구름처럼
발바닥 염증 불거져 붕대 감고 나섰다
다다미 상점에 걸린 옷가지의 낯익은 라벨 문구
'한국삽꽃' 멋쩍은 주인이 싱긋 시선을 돌린다
쿠릴에선 나도 짝퉁 카레이스키

페레스트로이카 이후 초병은 섬을 떠나지 않았다
참호엔 녹슨 탱크의 포신만이 수평선에 시선 걸어놓고
오가는 갈매기만 겨냥하고 있었다
초병은 흐린 날씨에도
통-통-통-통 지느러미 휘저으며 바다로 나갔다
송어와 연어가 뒤섞인 행군
어부는 초병 시절 눈빛을 날카롭게 세운다
수평선에 철책 그었던 눈들은

아프간 바위 틈, 이라크 사막 어디쯤
누군가를 노리며 먹구름처럼 몰려간 뒤였다

나는 여기서 무엇을 노리고 서성대는 걸까
수평선 위에서 지그재그로 절룩대며 짝퉁걸음 걷는다
고개 젖히자 수평선도 따라 기울어
모든 것이 한쪽으로 쓸려 내리는 환시의 한낮
어부가 그물을 당긴다
송어든 연어든 알만 뺀 몸통은 바람에 나뒹굴고
뒤섞인 알은 전부 연어알로 둔갑할 것이다

그날 저녁에도 나는 송어알을 연어알이라 우겼다

황톳빛 하늘길

병풍 펼친 팔부 능선에 직선을 그은 고도
황토밭 고랑의 곡선이 낯설지 않다
하바설산 만년설이 구름처럼 고여
샹그릴라 하늘에서 하루쯤 머물고 싶다 했다
코발트 빛 하늘에 흩어지는 까마귀들
야크의 거친 숨소리가 수목한계선을 넘나들어도
티베트는 깊은 겨울잠에서 깨어나지 못한다
고요는 전율이란 음표로 지은 순한 사람들의 노래인가
마니차 한 바퀴 돌 때마다 울리는 종소리에
누군가는 곧 잠에서 깨어날 것이다
불타버린 고성은 합판 뒤편으로 숨어버렸다
그래 이렇게 추운 겨울날 불꽃으로 피어오르자
구릿빛 얼굴의 아이들을 보면
샹그릴라 전부가 불탄들 어떠하겠는가
까짓것 고성 하나쯤 다시 짓고 말자
병풍으로 두른 설산을 잃어버린 지평선*이라 생각하자
초저녁 별빛을 밟으며 공항으로 향했다
철문은 굳게 닫혔고 별들이 하얀 웃음을 날렸다

화재 후 관광객 감소로 비행이 취소됐단다

설산은 하룻밤 묵어가길 허락했나 보다

누군가의 소망을 들어줬나 보다

새벽 공항에서 티베트의 일출을 보았다

덤으로 옥룡설산을 내려다보는 선물도 받았다

고원에도 천천히 어둠이 걷히고 있었다

* 제임스 힐턴의 소설

차마고도 독수리

구름이 절벽에 갇힌 차마고도 입구
쇠고랑 채워진 발목으로 뒤뚱거리는 독수리가
검은 눈동자를 두리번거린다
진사강 거친 물살에 호랑이도 협곡을 건너뛰었다는데
설산의 하늘이 높아 날개를 펼치지 못하는가
날카로운 발톱, 부리부리한 눈
죄이는 쇠고랑 길이만큼 허용된 비상
마방 방울 소리 끊긴 길목에서
그에겐 한 뼘의 하늘만 개방되었다
반들거리는 눈동자는
설산의 바람으로 살아가는 사람을 닮았다
오체투지로 길을 여는 맨발의 붓다를 닮은 사람들
타르초가 펄럭이는 고원을 점으로 걸어가는 라마승처럼
저 능선 너머 사라지고야 말
티베트는 어디로 날개를 펼쳐야 하는가

잔설의 눈물

보즈두흐 능선 내려온 사월

잔설에 키스하는 봄볕이 화창한 등 내미는 날

겨우내 웅크렸던 여심은 비키니 차림으로 일광욕을 즐긴다

차디찬 바람이 맨살 후려쳐도

비치 벤치에 담요를 깔고 느긋한

풍만한 가슴 훔쳐보며 사할린에도 봄은 온다

정강이까지 빠지는 눈밭을 지나

봄결에 딸려올 송어의 까만 눈 기다리며

얼음낚시 하는 사람들 손길이 바쁘다

터질 듯 물이 올라 쑥쑥 손 내밀 것 같은 베르바 꽃눈

쌓였던 눈이 녹아 여기저기 튀는 흙탕물

눈덩이엔 구멍이 숭숭 뚫리고

영구 귀국길 나선 노인들 눈가엔 질척질척 얼룩이 진다

솜털 보송보송한 어린 손자의 눈망울 두고

늘그막 얼마나 좋은 청산을 가겠냐며

안산 고향 마을로, 천안으로 발길이 떨어지지 않는 노인들

사할린의 봄은

잔설의 계절이다 눈물의 계절이다

흩날리는 비명

찬바람에 휘감겨 날려간 꽃잎
숲 속에 갇힌 숨소리가 바스락거린다
어김없이 폭설은 내리고
두려운 발걸음은 국경을 서성대며 신음한다
거칠게 저무는 포시에트 만의 저녁
바위산 잡목은 칡넝쿨처럼 발목 휘감는데
북쪽으로 이어진 발자국에
연발 사격으로 들려오는 딱따구리 소리
야트막한 능선들은 숨을 멈춘다
몸서리치게 날리는 눈발로 숨어든 어두운 표정
까마귀 울음에도 민감하다
솜털 같은 굴뚝새 날개를 밀렵하려
차가운 국경에 누군가 올가미 숨겨놓았던가
강을 넘어오는 거친 목숨들
설상가상 옮기는 걸음이 숨죽여 떤다
얼었던 강이 얼굴 내미는 날
쌓인 눈 더미 속에서도 다시 제비꽃은 피어날까

제4부

절망의 틈새

겨울 치술령

실직한 발자국이 산등성이에 쏟아졌다. 배낭 열면 떡갈나무가 불쑥 내민 마른 손이 바스락거렸다. 억새 군락을 거침없이 짓밟으며 정상으로 올라간 송전탑, 능선에 퍼질러 앉은 각막 속으로 저만치 있던 망부석이 굴러 들어왔다. 돛배 보리라 작정했던 사내는 갑자기 들이치는 눈발에 아내가 먼저 떠올랐다. 앞서던 지팡이가 방향을 잃고 비틀거릴 때 아내는 비정규직 시위대에 뒤섞였다.

이면 도로엔 수거하지 못한 낙엽들이 가장자리로 휩쓸리고 찬바람에 수런수런 휘감기는 마스크 속으로 목젖은 한없이 추락했다. 정점 향해 몰려다니는 시위대의 발자국이 가랑잎처럼 날렸다. 빨간 손이 허공을 휘저어도 목구멍으로 부는 바람은 거칠었다. 시위대와 전경들이 뒤엉켜 아수라장이 된 초저녁에 염장 지르듯 눈발이 흩뿌려졌다.

골목길이 하얗게 지워갈 즈음 두 사람은 반대편 길목에서 서로 마주쳤다. 발자국의 틈새로 발가락이 쑥쑥 자라났다. 싸늘하게 덧댄 실직의 시간은 좀체 풀어지지 않았다.

절망의 틈새

'문영' 형과 나는
이 눈치 저 눈치 살펴야 먹고사는
권력에 빌붙어 활개 치는 세상을 이야기하며
대낮부터 술 마시는 날이 잦았다
눈과 귀를 막아야 속 뒤집어지지 않는다며
막걸리 주전자를 탕탕 내려치기도 했다
그러던 형이
눈동자 초점이 흐리고 황달 증세가 왔다
술만 마시면 구토가 심해지던 날
형은 배를 움켜잡고 병원을 두드렸다
개복 수술했다는 소문을 듣고 찾은 병실
어떻게 된 일이냐는 말에 형수는
"얼매나 쪼리가 살았는지 간이 말라붙었다 카네예"
어찌 술 때문이겠냐만
간을 절반이나 잘라내고 쓸개도 떼어냈단다
그나마 간은 조금씩 재생된다니 다행이란다
봄 햇살이 비치는 창을 배경으로
침대에 누운 형의 몰골은 사나웠다

술 그만 마시고

마음 편하게 몸조리 잘하라는 말에

부스스 일어나 싱긋 웃으며

"나는 간도 쓸개도 없는 놈이다"

먹잇감에선 늘 소름이 돋는다

밥벌이라도 해볼 양
창고로 쓰던 사무실을 헐값에 세 얻어
청소하려고 문을 열자
녹슨 출입문이 마지막 그림자의 기억을 더듬는다
적막이 흐르던 책상 틈에서
화들짝 날아오른 참새 한 마리
먹잇감은 되돌아나갈 길도 망각케 하는가
거미줄 친 창의 목구멍으로 들어왔다가
우당탕거리는 소리에 방향을 잃었나 보다
창문을 죄 열었지만
탈출구를 찾지 못해 맴도는 참새
몇 번인가 천장에 머리를 부딪치더니 깃털 몇 올 남기고
황급히 점으로 사라진다
더러 길이 지워진 허공에서 추락하는 날개도 있듯이
바다 가까이 날아야 하는 종족들은
이과수 폭포를 뚫는 칼새처럼 날렵하지 못하다
한바탕 소란 뒤 밀려오는 적막
갑자기 서늘한 바람이 불고 머리카락도 쭈뼛거린다

섬뜩한 기분에 사방을 둘러보니

먹이를 찾는 참새가 된

나는 갇히고 말았다

무거운 산책길

하늘로 날아갈 것 같은 걸음이 산책로에서 휘파람을 분다. 홀쩍 자란 구절초 쑥부쟁이 얼굴이 샛노랗다. 새소리가 정적을 깨는 야트막한 뒷산, 건너편 중턱 산비둘기 울음이 청승맞다. 여여걸음으로 걷는 떡갈나무 가지 사이 두 마리 새가 정겹게 팔랑거린다. 황조가(黃鳥歌) 생각에 화안하게 다가가자 한 마리는 홀쩍 날아가버린다. 날아간 새의 부리에 쪼여 할딱이는 작은 새, 선혈 낭자하게 죽지가 뜯겨 나갔다. 날개에서 떨어진 깃털이 바람에 흩날린다. 부르르 떠는 새를 보고 주춤거리자 쑥부쟁이 울창한 둔덕에서 들고양이가 후다닥 달아난다. 쫓고 쫓기는 새들을 지켜보던 예리한 입맛이 기회를 노리고 있었나 보다. 미동이 없는 작은 새, 도망간 큰 새와 고양이, 숲에는 결코 정답게 펄펄 나는 꾀꼬리가 없다. 도처에 숨어 있는 날카로운 부리와 송곳니가 바스락거린다. 아무리 생각해도 되돌아가야겠다.

땅따먹기

한여름 햇살이 싸리나무에 걸릴 즈음
연섭이는 울타리 너머 나를 부르곤 했다
마당에 둥근 원을 그려놓고
강변에서 주워온 조약돌을 내려놓았다
친구라곤 둘뿐인 놀이는
엄지로 돌을 튕겨 금을 긋는 땅따먹기가 전부다
따먹을 땅도 없는 공유수면에 살면서
서로가 그어놓은 선을 피해가며 조약돌을 튕겼다
맨땅에 그렸던 경계를 지우고 나서야
해거름에 울타리를 헤집고 집으로 돌아오곤 했었다
소유권이라곤 하나 없이 나이 들어버린 지금
어느 해 장마철, 큰 돌에 엄지가 깔린 친구를 떠올린다
엄지를 잃어버린 그는
어디에서 조약돌을 튕기고 있을까
녹조들이 바닥을 감춰버려
유년의 그림자는 더 이상 비치지 않는다
그 많던 조약돌은 어디로 갔는가
적막한 강변을 거닐다 보면
보고 싶고 안달이 나서 눈앞에 아른거린다

연길냉면

공업탑로터리 부근 호운래반점

이주 노동자인 조선족 김씨가

연길에 사는 부모님을 초청해서 한국인 아내와 함께 식사
를 한다

고량주에 불콰해진 아버지

아들 내외에게 연변의 보통 시아버지처럼

근엄한 얼굴로 잔소리 같지 않은 잔소릴 늘어놓는다

뿌루퉁한 아내 눈치 살피며 말을 가로막는 김씨

멋쩍어진 아버지는 노래방에 가잔다

자리가 불편한 며느리는 집으로 가고 싶은 눈치다

한국에 처음 왔는데 가족끼리 노래방도 못 가느냐고 역정
인 아버지

"우리도 한번 재미나게 살아보디 않갔어?"

질펀한 연변 말투

아내는 입술을 앙다물고 김씨는 안절부절못한다

"니들끼리 집에 가라우 내래 혼자서리 노래방에 가겠다우"

바깥에서 한참 쑤군대다 들어온 김씨 부부

한국 사람들이 좋아하지 않는다며 핑계를 댄다

이국이 된 조국의 정서에 굳은 아버지 얼굴

모시고 노래방 한번 가라는 말에

다시 아내의 눈치만 살핀다

춘삼월 폭설이 내리는 어두운 거리

평소보다 더 차갑게 느껴지는 연길냉면에 이가 시리다

뿌리내리기

울산에 시집온 조선족 이순녀 씨
출근 전 아침마다 화분에 물을 뿌린다
사투리 익은 시집살이 삼 년
주민등록증도 버젓한 보통 새댁이지만
다들 불법체류 중인 이주 노동자쯤으로 생각한다

어느 곳에서 싹 틔웠는지 모를 난 한 포기
군락에서 떼어져 배꼽 친친 감고
봄볕 드는 창가에서 햇볕을 쬔다
제 몸 하나 지탱키 쉽지 않아도
뿌리내리기까지
수차례 강풍에 쓰러지기도 할
한 방울 수분이라도 끌어올리려는 저 힘의 근원

눈빛으로 허공에 난을 치는 그녀
빳빳하던 고개가 한 촉의 곡선을 긋고
물방울은 잎사귀 결 따라
둥글게 몸 말아 굴러 내린다

물 뿌리는 소일거리가 쏠쏠한 아침

파릇파릇한 곡선들이
모진 비바람도 견딜 것 같다
곡선과 곡선이 스치는 바람에서도
시들면 한순간 뿌리째 뽑혀나고야 말
창가에 서 있는 여리디여린 저 풍란들

도피와 탈출

아내의 손가락은 낡은 티브이 채널에 붙잡혔고

방문 걷어찬 내 발길은 목적이 없다

갈색 가방 속에 포개진 겨울 셔츠와

돌돌 말린 양말들의 침묵

무작정 떠난다는 건

부재의 공간 채우기 위한 도피만은 아니라는 걸

아직 겉핥기로 뒤적거릴 뿐

육면체 상자에서 쏟아지는 선거 앞둔 위선자들의 혀

해독하지 못할 야욕이

티브이 화면 방패 삼아 모스부호 타전하고

주고 받는 혀의 빈 껍질이

침 튀기며 방 안을 휘젓도록

아내는 다시 티브이 채널을 만지작거린다

아우성과 침묵이 공존하는

탈출 불가능한 큐브의 뚜껑은 부숴버리고 말리라

무거워진 눈꺼풀 가방에 구겨 넣고

혀만 떠다니는 공허한 도시의 담장을 넘어야겠다

길들여지다

칡넝쿨 엉킨 나뭇가지 사이 능선의 어깨 짚으며 산소를 찾아간다. 풀 베는 소리에 산이 들썩거린다. 땀이 흘러 안경을 벗었다 쓰기를 반복한다. 가끔 산비둘기 울음이 귓바퀴에 걸린다.

사방에서 향긋한 풀냄새가 얼굴을 감싼다. 자리에 주저앉아 땀에 얼룩진 안경을 벗어 곁에 두었다.

푸르디푸른 캔버스에 붓질하는 구름, 산등선 넘나드는 바람이 보이고 굴참나무 도토리가 햇살을 굴린다. 고추잠자리 날갯짓에 억새들이 파르르 날릴 것 같다.

한 치 앞 보기 위해 안경을 꼈던가. 시원한 풍경에 안경을 두고 별 생각 없이 산을 내려오고 말았다.

모니터에 쏟아지는 활자들, 안경 없는 세상은 오리무중이구나. 청맹과니가 되어 새 안경을 맞추었다.

난시, 원시까지 겹친 시력 때문일까. 렌즈에는 뿌연 안개가 진을 친다. 안경사에게 고통을 호소하자 눈은 차츰 적응하니까 맞춰보라 한다.

휘둥그레 쳐다보자 세상살이 그렇게 길들여왔지 않았느냐는 눈치다. 안경에 눈을 맞춰야 하는 도심 속으로 초목을 버린 순한 짐승이 되어 빠져들었다.

무관심

신발장 문을 열자 한 뼘 깊이의 어둠이
굶주린 짐승처럼 입맛을 다신다
오랜 세월 구석에 유배되어 갇혀 지내던 신발에
햇살이 한 상 차려졌다
먼지 뒤집어쓴 채 딱딱하게 몸이 굳은 등산화
나뭇잎 사이 출렁이는 빛을 삼키며
한동안 들뜬 기분으로 소풍 나온 아이 같다
발의 기억을 잃어버린 등산화
시간이 갈수록 발가락이 조이고 저려
새 등산화처럼 물집이 잡혔다
능선 두엇 넘으면서 아랫도리가 후들거린다
등산화를 방치한 발
망각의 시간 속엔 아픔이 숨어 있었는가 보다
어둠이 날개를 펼칠 때
통증을 동반한 현실은 늘 두렵다
가장 가까이 동행하면서 무관심했던 증거들이 속속 드러
났다

능선을 넘은 햇살이 발치 아래까지 밀려왔다
내일은 그간 잊고 있었던 발가락을 붙잡고
꼼짝없이 누워 있어야 할 것 같다

구름의 넋두리

화순에서 복분자 술을 보내왔다네
입술 꽉 다문 고인돌들이 눈을 찡긋거릴 것만 같았네
알아듣지 못할 남도 사투리에
아는 척 모르는 척 능청 떨기로 작정했지
고인돌의 노랫가락에선
산골짝에 숨어 핀 찔레꽃 향이 났다네
술 한 잔 못하는 친구가 빚은 술에 취한 건
밤새 넘쳐흐르던 너의 노래였지
젓가락 장단 걸쭉한 남도 민요에 빠져
어둠은 늘 새벽 눈을 비벼댔었지
어쩌면 우린 바다와 육지에서 유배당한 종족인지 몰라
파도의 노래나 바람의 노래나
세상을 향해 펼치지 못한 절규겠지
장생포에서 불렀던 고래가 그렇듯 화순에서 부른 복분자도
바다가 그립고 산이 그리워
유배지에서 부르던 음유 노래인지 모르겠네
자네가 보낸 술병 속에는
구름과 바람 들꽃 향이 갇혀 있었네

노루가 놀던 길이 보이고

덤불 헤친 바위틈엔 산토끼 토굴이 보였다네

계절의 빛이 병 속에서 유혹하니

안경을 더듬거리면서 그 빛깔을 찾으려 애태웠네

화순의 들판이 비치고

꽃향기가 피어나는 술을 마시면서

그렇게 흘러가는 구름이라는 걸 느껴보려 했다네

돌을 내려놓다

티브이 뒷벽에 걸린 장미 다발

마른 입술로 삼키는 침

바둑 채널에선 암 투병으로 머리칼 죄 빠진 프로 기사가

시간에 쫓긴 바둑을 둔다

바스러져 내릴 것만 같은 입술

재갈재갈 허공을 걸어가는 시계 소리

장고 끝에 악수라 했던가

다급히 놓은 한 수가 회돌이에 걸렸다

설핏 입술이 바르르 떨렸지만

흑백논리의 길은 아직 미궁에 빠졌다

남은 초읽기는 하나뿐

기록원이 헤아리는 숫자가 달팽이관 맴돌며

후줄근한 이마의 땀을 핥아댄다

얼마 남지 않은 시간의 마지막 승부수

사활 걸린 긴박감이 초침의 간격 헤집는다

성큼성큼 지나가는 바늘

생의 중반에 둔 자충수로 인해

공들여 짓던 집들이 와르르 무너진다

무거운 패싸움이 끝난 뒤

쓸쓸히 웃는 얼굴에서 긴장이 툭 끊어진다

바스러진 입술만이 바둑판에 날아다닌다

마른 장미를 내다 버릴 즈음

그는 생의 마지막 돌도 내려놓았다

이어도 갈매기

울산 예전부두 밤바다는 차가운 채찍을 휘둘러댔다. 현대
중공업 바지선 T-5000호에 잡부로 승선하여 이어도로 흘러
갔다.

동남아 노동자들이 빠져나간 갈매기 둥지 같은 침구를 정
리하고 바닥을 밀걸레로 문지른다. 복도 끝에 있는 응급실
문을 열면 인도에서 온 젊은 의사가 자리를 뜬다.

그는 하층인 청소부에겐 눈길도 마주치지 않는다. 입맛이
까다로워 식당 주방에 들러 카레를 끓여 혼자 식사를 한다.

자릴 비웠던 그가 응급실로 되돌아왔다. 안부 묻는 나를
빤히 쳐다본다. 서툰 영어 발음의 청소부에게 호기심이 들었
나 보다.

전직이 엔지니어라고 하니 눈이 휘둥그레진다. 시간이 나면
시집을 읽고 시도 끄적댄다고 하자 고개를 절레절레 흔든다.

이어도의 물결이 인도까지 흘러가도 내가 카스트 제도를
받아들이지 못하듯, 젊은 의사여 시 쓰는 청소부인 나를 이
해하려 들지 말라.

밤새 잿빛 구름에 뒤덮여 꽁꽁 언 고깃배 집어등이 말갛

다. 창백한 얼굴의 그믐달이 미명으로 사라진다. 봉숭아 물 들인 손톱처럼 수평선에 수련 한 송이 활짝 피었다. 어디선 가 날아온 갈매기가 점으로 사라진다.

다시 첸나이에서

— 피라미드 밥그릇

우라치는 엔지니어다

기름을 손에 묻히지 않는다

집안 계급에 따라 직장에서도 지위가 보장된다

오퍼레이터냐고 물었다가 무시당했다

바닥에 엎드려 기계 수리 중인 나는 하층민이다

쉬는 시간에도 하층민 의자에 앉아 쉰다

선풍기가 뜨거운 바람을 뱉어낸다

하층민의 숨결은 늘 뜨겁다

차 배달부는 하층이다

청소부도 하층이다

중간층인 오퍼레이터 눈치에 차를 배달하고 청소도 한다

인도의 하층민이 외국인 하층민에게 차를 권한다

뜨거운 인도를 마신다

공장 앞 도로에 소들이 누워 있다

차량도 비키고 자전거도 사람도 비켜간다

들판엔 일꾼 소가 밭을 간다

집안에 모셔진 신앙 소는 에어컨 바람을 쐰다

하층민은 신분 상승을 꿈꾸지 않는다

배달부는 배달로 청소부는 청소하며 산다

우라치는 엔지니어다 나도 엔지니어다

다만 신분이 다르다

죽은 서정의 시대를 위한 진혼굿
— 임윤의 시 세계

정 훈

비루한 현실을 이겨내는 다양한 방법들 가운데 하나는, 그 비정하고도 추한 현실을 외면하지 않고 직시하는 일이다. 추악하고 괴기스러운 눈앞의 풍광에 눈동자가 꺾이거나 끝내 눈이 멀어버릴지라도 가감 없는 현실의 응시야말로, 자신이 딛고 있는 이 세상이 나아가는 방향을 가늠할 수 있다. 역사는 곧이곧대로, 혹은 정의로운 선택만을 행하지는 않는다. 근시안으로 보면 때때로 역사 또한 후퇴하기도 한다. 인간의 역사란 지난날의 과오를 반성하지도 않으면서 미래의 청사진만을 줌인(zoom in)하여 대형 스크린에 띄우기만 하는 얼치기들의 이야기가 아니었던가. 그런데도 우리가 이 추악한 인간의 이야기들 속에서 무언가 건져내려고 애를 쓰는 까닭은 다른 데 있지 않다. 부정한 역사를 되풀이하지 않기 위해서라도, 아니 낯부끄러운 과거의 자

117

화상일지라도 현재를 향해 달려왔던 또 다른 우리들의 민낯을 복기하면서 공(功) 과(過)를 분명히 하기 위해서다. 무엇이 선이고 악인지는 사실 중요하지 않다. 다만 우리가 외면해버렸던 진실들 때문에 진창의 구렁 속으로 떨어지는 투명한 정신의 목소리를 잊지 말아야 한다. 그 목소리는 거대한 폭거에 시달리고 절망하면서도 끝내 삼킬 수 없었던 영혼의 메아리다. 시는 그런 목소리의 생생한 문학적 증거다. 시인은 세계가 올바로 놓여 있어야 할 자리를 선취해서 보여주는 사람이다. 임윤은 이번 시집에서 지금 이곳의 삶의 현장에서 곰팡이처럼 번져가는 어떤 거대한 죄악의 얼굴을 생생하게 형상화하고 있다. 위정자들의 터무니없는 경제 논리로 점점 죽어가는 이 땅과 바다의 속살을 그려낸다. 그 필치는 서늘하면서 날카롭다. 그에게 아쉬운 것은 세계와 인간이 한데 어우러지고 평화롭게 공존하는 사해 공동체이며, 벗어나고 싶어 하는 것은 지옥도와도 같은 현실과 고독한 실존이 해답을 상실한 채 떠도는 현재의 공간이다. 이는 시인을 둘러싼 세계와, 그 검은 세계에 가린 채 한껏 부풀어 올랐을 쓸쓸함의 거처이기도 한 것이다. 전자의 경우 핵 발전소의 위험을 고발하는 시와 시인이 몸담고 있는 지역의 생태를 더듬는 시로, 후자의 경우 일련의 여행 시와 일상의 감성을 드러낸 시로 드러난다.

여주인은 환갑 넘은 나이에 젊은 놈팡이 잘못 만나
돈 뜯기고 곤혹 치르다가 한 재산 넘겼다는 후문이 돌고

불맛, 피맛 찾아 골목은 북새통이다
근처 핵 발전소가 세워진 곰장어집 아궁이에서
체르노빌 화염 방사능에 피폭되어
피부가 벗겨지며 서서히 죽어간 소방관들을 보았다
                                    —「무서운 맛」 부분

둥근 머리 원자로에서 정적이 흐른다
골매서 태어난 홍국이는 횟집 주방장 전전하다가
보상받을 땅 한 평 없이 마을을 떠났다는데
어디에 사는지 돌아오지도 못하고 소식이 없다
낚시꾼 몇몇 소주를 마시는 해변에
어두운 그림자 드리운 핵 발전소
원자로 지붕에 걸렸던 해가 철조망 빠져 달아나고
누군가 휘갈겨 쓴 원전 반대라는 붉은 글씨를 보며
예전의 골매를 다시는 볼 수 없단 생각에
늙어버린 종만이 형에게 아는 척도 못 하고 되돌아서고
말았다
                                    —「골매에 지는 해」 부분

  시집의 제1부를 구성하는 시편들의 중심 소재는 핵 발전소가
가져다줄 위험에 대한 경고다. 곰장어가 구워지는 모습을 "체르
노빌 화염 방사능에 피폭되어/피부가 벗겨지며 서서히 죽어간
소방관"으로 묘사한 「무서운 맛」이나, 핵 발전소의 건립으로 터
전을 잃어버린 주민의 허허로운 생활의 그늘을 그린 「골매에 지
는 해」에서 잘 알 수 있다. 인류가 발명한 핵이 가져다주는 선의

의 선물은 둘째 치더라도, 그 이면에 가려져 있는 참극이나 절망을 막지 못할 문명의 이기라면 차라리 없느니만 못하다. 그러나 인간의 욕심이 괴물 같은 게, 수많은 피해를 무릅쓰고라도 한번 일어난 경제적 이기(利器)를 제어할 마음이 전혀 없다는 것이 문제다. 삶은 뜻하지 않은 길로 접어들면서 지금까지 행해왔던 판단과 결심을 뒤돌아보지만, 이는 개인에 국한되는 문제일 뿐이다. 공동체의 번영이 국가 조직의 그릇된 정책이나 정치적 선택으로 깊은 균열을 만들어낼 때 세계의 위기는 이미 걷잡을 수 없는 파국의 오솔길로 접어들었다는 방증이 된다. 「무서운 맛」에서 사람들이 "불맛, 피맛 찾아 골목은 북새통이다"는 붉은 이미지가 마치 이 세계의 아수라장 같은 공간을 그대로 보여주는 듯해서 섬뜩하기까지 하다. 먹을거리 찾아서 나온 사람들로 북새통을 이루는 도시의 골목은 말 그대로 핵으로 촘촘히 박힌 이 세상의 알레고리가 되는 것이다. 원전 개발로 고향 땅을 빼앗겨버린 "늙어버린 종만이 형"에게 돌아갈 곳은 어디에도 없다. 말 그대로 실향인바, 정처 없이 떠돌아다닐 수밖에 없는 거대한 국가적 음모에 부나방의 신세로 전락한, 자본주의의 새로운 유목민이 되어버린 우리들 자화상이 눈에 선할 뿐이다.

콧잔등 염증이 불거진 언어가
그물망에 휩싸여 마지막 물거품 쏟아내면
아가미가 뿜어대는 바다 냄새
까마귀들이 무리지어 대숲으로 날아들고

가로수는 혼인색 연어처럼 푸석한 이파리를 출렁거립니다
어지럽게 날리는 검붉은 비늘
가을을 뚫고 달리는 자전거가
나무 비늘 헤치며 잠들었던 바람을 깨웁니다
빌딩의 불빛이 흩날리는 강변에서
길 잃은 연어들이 마지막 숨을 몰아쉬고
아이들은 별이 사라진 도시를 고향이라 부르기 시작했습
니다

—「치매 앓는 연어」 부분

사람뿐만 아니라 연어도 마찬가지다. 시인은 '치매 앓는 연어'라 명명했거니와, 자신의 태어난 곳으로 반드시 돌아가야만 하는 생명체가 길을 잃은 걸 두고 그런 수사를 썼으리라. 치매를 앓는 연어는 실상 인간과 자연이 조화로운 공동체적 전망이 부재함을 단적으로 보여주는 징표다. 이는 연어가 문제인 것이 아니라 세상 만물이 제자리를 찾지 못해 허둥대는 꼴이 더욱 비극처럼 느껴지는 것이다. "아이들은 별이 사라진 도시를 고향이라 부르기 시작했"다는 마지막 진술이 마냥 놀랍지만도 않은 것이, 이제는 너도나도 이 우울하고 황량한 디스토피아의 현실을 수락했기 때문이다.

임윤의 시는 이렇게 황폐해져버린 세계의 한복판에서 잃어버린 낙원의 흔적을 더듬는 언어로 부르짖는다. 그 소리는 미약하지만 전경화된 상처의 현실 곳곳에 생긴 크나큰 균열처럼 얼굴을 들이민다. 깜깜한 밤에 세차게 불어닥치는 폭풍우의 폭탄을 내리 맞으며 서 있는 자가 비단 시인만은 아닐 것이다. 자기로부터 출발한 소외되고 공허한 생의 윤곽이 환경과 사람들의 관계로 확장하는 속에 슬픔은 전이된다. 기쁨과 행복이라는, 이 소중하고 따뜻한 인간의 감정이 없지 않으련만 시인에게는 이를 가능하게 만드는 본질적인 뿌리에 칼날을 들이대는 존재를 상념하는 것이리라. 뭉치고 살갑게 달라붙어서 소박하나마 정겨운 삶의 공기가 뿔뿔이 흩어져 사라져버린 지점에서 시인은 노래한다. 그래서 그 목소리는 더욱 성기고 서늘하게 느껴진다.

눈 위에 눈이 쌓여
절개지 단층마냥 잘린 눈벽
선명한 먼지 층은 단절된 시간을 기록한 증거물인가
억압 정책이 남긴 고통의 잔해들
푸칠로프카 평원에 선뜻 발 디딜 수 없어
눈밭에 서성대는 이방인이 됩니다
주인 잃은 어처구니없는 맷돌
모질게 날아드는 눈보라에 얼굴을 지워갈 뿐
눈벽의 창살에 갇히더라도
층층이 선명한 기억은 언제쯤 녹아내릴까요
황무지에라도 죽은 나무를 심고
꽃이 만발할 때까지 물을 주고 싶어도
분노와 평정 사이의 마음이 애타게 끓어
잿빛 구름 뒤덮인 시베리아에서
아직은 봄을 싹틔울 줄 모르는 계절이라 부르고 싶습니다
                                    ─「디아스포라」 부분

북국에 어쩔 수 없이 터전을 마련해야만 했던 선조들의 피와 눈물이 서린 곳에 시인은 와 있다. 이들에게 참혹했던 기억들은 "절개지 단층마냥 잘린 눈벽"처럼 "단절된 시간"일 뿐이다. 차갑게 얼어붙은 유전자가 서로에게 기대며 파국을 견뎌왔듯이, 이들이 새롭게 뿌리를 내렸지만 영원히 이방인일 수밖에 없는 현실 앞에서 흩날리는 눈발은 매정하도록 차가운 것이다. 겨울이 한없이 이어지기만 할 것 같은 시베리아에서도 봄은 오겠지만, 시인은 "아직은 봄을 싹틀 줄 모르는 계절이라 부르고 싶"다는 말로써 참혹한 역사가 선사한 비극적 풍경을 매듭짓는다. 이육사의 모토였던 "강철로 된 무지개"로서 계절과 흡사한 시인의 겨울은 오히려 이육사의 희망 섞인 절규보다도 비극적이다. 싹트는 계절이 오지 않을 것이라는 허무는 "사할린의 봄은/잔설의 계절이다 눈물의 계절이다"(「잔설의 눈물」)라 진술했던 시편의 분위기와 이어진다. 원래 살던 땅을 어쩔 수 없이 떠나 낯선 곳으로 이주해야만 했던 이들에게 조국이나 고향은 공간적 실체가 아니라 유전적·혈육적인 기표로 남는다. 이들의 삶의 의미는 온전히 정신적인 원형 회복을 위한 목적에 뜻을 둔다. 시인은 그들이 흘렸던 눈물과 탄식이 층층이 배어 있는 땅을 둘러보며 필시 역사적 아이러니가 감춘 진실의 소리를 들었을 것이다.

울산에 시집온 조선족 이순녀 씨
출근 전 아침마다 화분에 물을 뿌린다
사투리 익은 시집살이 삼 년

주민등록증도 버젓한 보통 새댁이지만
다들 불법체류 중인 이주 노동자쯤으로 생각한다

어느 곳에서 싹 틔웠는지 모를 난 한 포기
군락에서 떼어져 배꼽 친친 감고
봄볕 드는 창가에서 햇볕을 쬔다
제 몸 하나 지탱키 쉽지 않아도
뿌리내리기까지
수차례 강풍에 쓰러지기도 할
한 방울 수분이라도 끌어올리려는 저 힘의 근원

—「뿌리내리기」 부분

"울산에 시집온 조선족 이순녀 씨" 또한 다른 의미에서 디아스포라의 유목민일 것이다. 그가 어떤 연유에서 고향을 등진 채 이곳으로 왔는지는 알 수 없지만, 이 땅에는 수많은 "이순녀 씨"들이 각자 나름대로 뿌리를 내리기 위해서 고군분투하리라는 사실은 능히 짐작할 수 있다. 기실 생명 지닌 것들에는 모두 환경에 적응하는 습성이 있다. 사람이라고 별수 없을 것이다. 시인이 적절하게 비유를 들었듯이 "어느 곳에서 싹 틔웠는지 모를 난 한 포기"와 같은 식물성 존재처럼 사람도 설령 비극적인 계기로 말미암아 정처를 벗어났더라도 새로운 공간에서 제2의 정처를 마련하기도 한다. 뿌리란 신비로운 것이어서 토양과 환경을 제 것으로 빨아들인다. "한 방울 수분이라도 끌어올리려는 저 힘의 근원"은 먼 데 있지 않다. 이는 마음의 결락을 메우려는 무의식적인 생명력에서 비롯한다. 마음의 빈 곳에서 곰팡이처럼 번지는 허무와 고독은 주체의 외부에서 강압적으로 주입될 때 오랫동안 상처로 남는다. 이 기막힌 절망의 싹을 잘라버리기 위해서, 혹은 없애기 위해서 행하는 모든 노력은 사실 헛되다. 물 흐르듯 자연스럽게 동화하는 과정을 거치면서 그것은 치유된다. 치유는 상처를 없앰이 아니라 상처를 보듬음이다.

임윤의 시가 결국 상처를 응시하고 이를 따스한 온기로 보듬는 데로 나아가는 방향에서 결코 놓쳐서는 안 되는 우리 사회의 병폐를 그린 점은, 현실을 외면하거나 돌보지 않고서는 그 어떤 시도 맹랑한 말장난에 그치기 때문이다. 요원하기만 한 현실의 아포리아는 시적 언어에 고스란히 각인된다. 그런데 시 속에 각인된 현실의 풍경은 어떤 의미에서 보면 시인이라는 실존적 개인의 내면이 모자이크된 결과일 수도 있다. 달리 말해 개인과 세계가 결코 따로 떨어져서 놓일 수 없다는 인식의 경지와도 무관하지 않다. 내면으로 침잠하는 일은 있어도 내면에 빠져버려 우주적 청맹과니가 되어서는 안 된다. 시인은 그런 위험에 대해 늘 경계하려 한다. 그가 일상에서 보고 겪게 되는 사소한 경험조차 우리 시대의 단면을 짐작하게 하는 알레고리로 기능하는 사실은 의미심장하다. 가령 다음의 시가 그렇다.

날개에서 떨어진 깃털이 바람에 흩날린다. 부르르 떠는

새를 보고 주춤거리자 쑥부쟁이 울창한 둔덕에서 들고양이
가 후다닥 달아난다. 쫓고 쫓기는 새들을 지켜보던 예리한
입맛이 기회를 노리고 있었나 보다. 미동이 없는 작은 새, 도
망간 큰 새와 고양이, 숲에는 결코 정답게 펄펄 나는 꾀꼬리
가 없다. 도처에 숨어 있는 날카로운 부리와 송곳니가 바스
락거린다. 아무리 생각해도 되돌아가야겠다.

— 「무거운 산책길」 부분

세상의 축소판인 숲에서 벌어진 일을 산책을 나선 시인은 목
격한다. "쫓고 쫓기는 새들을 지켜보던 예리한 입맛이 기회를
노리"는 광경이 딱 우리네 세상과 별반 차이가 없다. 기실 온갖
생명체들이 우글거리는 숲에서 평화를 기대하기란 어렵다. 시
인은 "숲에는 결코 정답게 펄펄 나는 꾀꼬리가 없다"고 했거니
와, 응당 관념으로만 상상해온 숲의 평화란 현실과는 무관한 이
데올로기인 것이다. 폭력과 속임수가 만연한 사회가 시인이 위
시에서 묘사한 숲 속 공간이다. "도처에 숨어 있는 날카로운 부
리와 송곳니가 바스락거"리는 곳, 그곳이 바로 지금 이곳의 현
장이다. 내면이 황폐해져버린 도시인들에게 휴식처를 제공하는
숲은 또 하나의 전쟁이 벌어지는 참혹한 현장일 뿐이다. 시인은
우리 앞에서 반드시 놓여 있어야 하는 공생의 윤리와 법칙이 실
종된 사회 한복판에 서서 울컥거렸으리라. 하지만 어지럽고 혼
란한 세상에서 공동체의 풋풋한 정서를 그리워하는 마음 또한,
아직은 우리가 시원(始原)의 기억을 함께하기 때문이다. 그 그리
움은 습속과 인습적 관행 및 현대인의 자기소외를 치유하고자

하는 자발적인 정서다. 한때 아름다웠던 시간과 공간이 거기 자리 잡고 있었다는 아련한 기억이 우리로 하여금 새로운 세상에 대한 열망으로 가득하게 만드는 것이다. 그러나 아쉽게도 지금 이곳의 세상은 필터를 잃어버린 공기청정기처럼 자칫 모든 존재를 상처와 절망의 도가니로 휩쓸려버릴 위험이 언제라도 도사리고 있다. 단지 우리가 무감각해지고 "휘둥그레 쳐다보다 세상살이 그렇게 길들여왔지 않았느냐는"(「길들여지다」) 안일한 정서가 만연한 이상, 위험을 경계하고 자각하는 일조차 드물어진 세상인 것 같다. 시가 그 기능을 대신하는, 의미 있는 실천이 된다는 사실을 임윤의 시로써 확인한다. "서정이 죽어버린 시간을 얼마나 더 견뎌야 하는가"(「서리꽃은 왜 유리창에 피는가」)라는 독백에서도 보듯이, 서정의 죽음을 딛고 꼿꼿이 일어서는 새로운 시적 감성은 시인의 몫일 수밖에 없다. 불온한 현실의 뿌리에 낙원의 유전자가 있었기에 우리는 세상을 개탄하는 마음의 결에서도 일말의 가능성을 점치게 된다. 우선 죽어버린 서정의 현실을 똑바로 직시하는 데서 그것은 시작한다. 이런 의미에서 보면 임윤의 시는 세상의 온갖 죽음과 눈물과 탄식을 끌어모아서 이들을 달래고 한바탕 굿을 벌이는 진혼굿이 아닐까. 더러 황폐한 들판에서도 장미는 피듯이, 진창의 세상에서도 진실의 가치는 녹슬지 않는다는 사실을 시인은 시로써 증거하는 듯하다. 꽁꽁 얼어버린 우리 시대의 꽃은 해빙의 날만을 기다리지 않는다. 아직은 얼어버리지 않았고, 더욱이 꽃이라고 할 만한 가치도 실종된 듯한 현실에서 시는 무엇을 애타게 부르고 있을까. 모든 언어가 결빙된 자리에서 피는 꽃이 있다면 그게 바로 시의 꽃이리라. 시인은 그 꽃의 속살을 미리 만지며 우리에게 제안을 하는 것이다. 자, 어떤 자리에서 시작할 것인가. 『서리꽃은 왜 유리창에 피는가』가 제기하는 물음이다.

鄭 勳 | 문학평론가